LEARN CHINESE EASILY

▲

中文易學
（看圖識字）課本

第三冊

文復會中文易學研究小組委員會　編著

三民書局 印行

目次

刀部 2

巾部 8

方部 12

牛部 14

犬部 18

斤部 22

戶部 24

田部 26

瓜部 30

皿部 32

穴部 36

禾部 38

艸部 40

竹部 48

虍部 74

羊部 72

舟部 70

衣部 66

糸部 60

缶部 58

米部 54

刀 ㄉㄠ

刀 ㄉㄠ
dāu

3

這是水果刀
zhè shì shuǐ guǒ dāo

刀 ㄉㄠ
dāu
〔knife〕

這是一把劍
zhè shì yì bǎ jiàn

劍 ㄐㄧㄢ
jiàn
〔sword〕

刀 ㄉㄠ

這ㄓㄜˋ是ㄕˋ刷ㄕㄨㄚ牆ㄑㄧㄤˊ的ㄉㄜ·刷ㄕㄨㄚ子ㄗˇ

刷 ㄕㄨㄚ

shuā
(to brush)

我ㄨㄛˇ用ㄩㄥˋ剪ㄐㄧㄢˇ刀ㄉㄠ剪ㄐㄧㄢˇ紙ㄓˇ

剪 ㄐㄧㄢˇ

jiǎn
(to cut)

我ㄨㄛˇ用ㄩㄥˋ刀ㄉㄠ切ㄑㄧㄝ青ㄑㄧㄥ菜ㄘㄞˋ

切 ㄑㄧㄝ

chiē
(to cut)

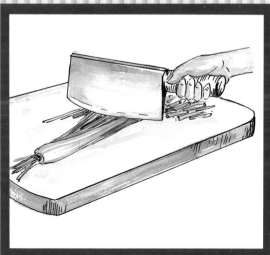

刀 ㄉㄠ

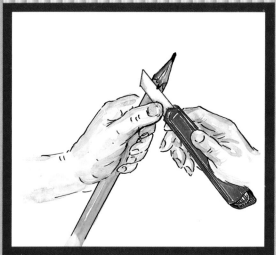

刮ㄍㄨㄚ

gua
(to trowel)

鏟子可以把牆刮平
ㄔㄢ˙ㄗ ㄎㄜˇ ㄧˇ ㄅㄚˇ ㄑㄧㄤˊ ㄍㄨㄚ ㄆㄧㄥˊ

削ㄒㄧㄠ

shiau
(to sharpen)

我用小刀削鉛筆
ㄨㄛˇ ㄩㄥˋ ㄒㄧㄠˇ ㄉㄠ ㄒㄧㄠ ㄑㄧㄢ ㄅㄧˇ

巾 ㄐㄧㄣ

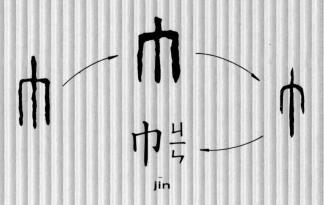

巾 ㄐㄧㄣ

jīn

窗簾是黃色的

窗簾

chuāng lián

(window curtain)

手帕上面有小花

手帕

shǒu pà

(handkerchief)

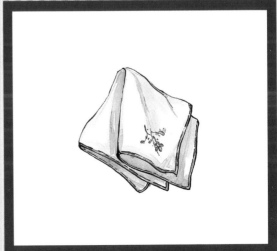

巾 ㄐㄧㄣ

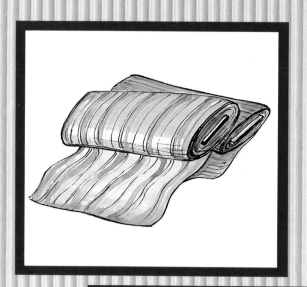

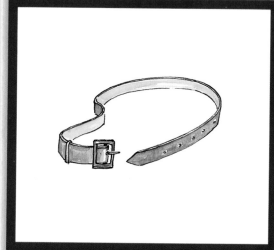

布ㄅㄨ

布ㄅㄨ可ㄎㄜˇ以ㄧˇ做ㄗㄨㄛˋ衣ㄧ裳ㄕㄤ

bù
[cloth]

腰ㄧㄠ帶ㄉㄞˋ

這ㄓㄜˋ是ㄕˋ皮ㄆㄧˊ子ㄗ˙做ㄗㄨㄛˋ的ㄉㄜ˙腰ㄧㄠ帶ㄉㄞˋ

yāu dài
[belt]

帆ㄈㄢˊ

這ㄓㄜˋ是ㄕˋ一ㄧˋ條ㄊㄧㄠˊ帆ㄈㄢˊ船ㄔㄨㄢˊ

fán
[canvas]

方 ㄈㄤ

帽 ㄇㄠˋ

màu
[hat]

這是女孩子戴的帽子

方 ㄈㄤ
¯fang

這是正方形

方 ㄈㄤ
¯fang
[square]

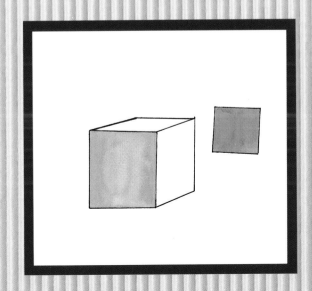

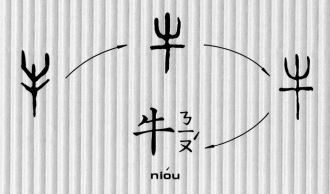

牛 ㄋㄧㄡˊ

nióu

犄角
ㄐㄧ·ㄐㄩㄠ

鹿的犄角像樹枝
ㄌㄨˋ·ㄉㄜ ㄐㄧ·ㄐㄩㄠ ㄒㄧㄤˋ ㄕㄨˋ ㄓ

jī jiau

[horn]

牛
ㄋㄧㄡˊ

牛喜歡吃青草
ㄋㄧㄡˊ ㄒㄧˇ ㄏㄨㄢ ㄔ ㄑㄧㄥ ㄘㄠˇ

nióu

[cattle ; cow]

shī nióu

(rhino)

犀牛只有一個角

犬 ㄑㄩㄢˇ

chiuǎn

狗ㄍㄡˇ

狗ㄍㄡˇㄞˋㄎㄣˇㄍㄨˇ·ㄊㄡ 愛啃骨頭

gǒu
[dog]

狼ㄌㄤˊ

狼ㄌㄤˊ·ㄉㄜ ㄧㄚˊㄔˇㄏㄣˇㄐㄧㄢ 的牙齒很尖

láng
[wolf]

犬 ㄑㄩㄢ

狐狸很聰明

狐狸

hú li
[fox]

猩猴長得像人

猩猴

shīng hóu
[monkey]

獅子是野獸的王

獅

shr
[lion]

斤 ㄐㄧㄣ

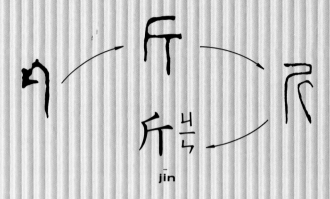

斤 ㄐㄧㄣ

jīn

斧　ㄈㄨˇ
fǔ
[ax]

斧子可以砍木柴
ㄈㄨˇ·ㄗ ㄎㄜˇ ㄧˇ ㄎㄢˇ ㄇㄨˋ ㄔㄞˊ

斷　ㄉㄨㄢˋ
duàn
[broken]

錘子的木柄斷了
ㄔㄨㄟˊ·ㄗ ·ㄉㄜ ㄇㄨˋ ㄅㄧㄥˇ ㄉㄨㄢˋ·ㄌㄜ

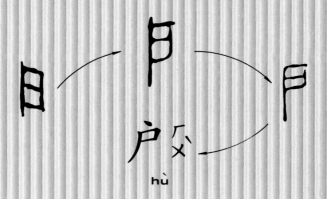

戶 ㄏㄨˋ
hù

這 ㄓㄜˋ 是 ㄕˋ 一 ㄧˋ 把 ㄅㄚˇ 扇 ㄕㄢˋ 子 ˙ㄗ

扇 ㄕㄢˋ

shàn
[fan]

這 ㄓㄜˋ 幢 ㄔㄨㄤˊ 房 ㄈㄤˊ 子 ˙ㄗ 很 ㄏㄣˇ 漂 ㄆㄧㄠˋ 亮 ㄌㄧㄤˋ

房 ㄈㄤˊ

fáng
[room ; house]

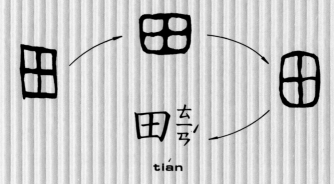

田ㄊㄧㄢˊ

tián

田 ㄊㄧㄢˊ

tián

[field ; paddy]

一片綠色的田很美麗
ㄧˊㄆㄧㄢˋㄌㄩˋㄙㄜˋ˙ㄉㄜㄊㄧㄢˊㄏㄣˇㄇㄟˇㄌㄧˋ

男 ㄋㄢˊ
人 ㄖㄣˊ

nán rén

[man]

爸爸和爺爺都是男人
ㄅㄚˋ˙ㄅㄚㄏㄢˊㄧㄝˊ˙ㄧㄝㄉㄡㄕˋㄋㄢˊㄖㄣˊ

我喜歡畫畫兒

huà
[to paint]

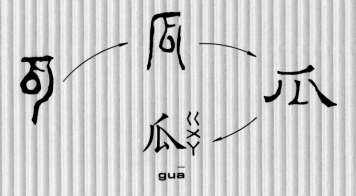

瓜ㄍㄨㄚ
gūa

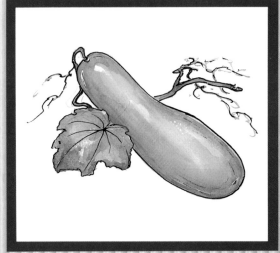

花瓣
ㄏㄨㄚ ㄅㄢˋ

白色的花瓣很好看
ㄅㄞˊ ㄙㄜˋ·ㄉㄜ ㄏㄨㄚ ㄅㄢˋ ㄏㄣˇ ㄏㄠˇ ㄎㄢˋ

huā bàn
(petal)

瓠瓜
ㄏㄨˋ ㄍㄨㄚ

瓠瓜很好吃
ㄏㄨˋ ㄍㄨㄚ ㄏㄣˇ ㄏㄠˇ ㄔ

hù guā
(gourd)

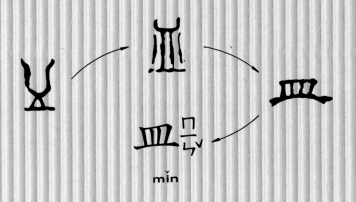

皿
ㄇㄧㄣ
mǐn

這是一個盆
ㄓㄜˋ ㄕˋ ㄧˊ ㄍㄜˋ ㄆㄣˊ

盆 ㄆㄣˊ

pén
(basin)

這個提盒有三層
ㄓㄜˋ ㄍㄜˋ ㄊㄧˊ ㄏㄜˊ ㄧㄡˇ ㄙㄢ ㄘㄥˊ

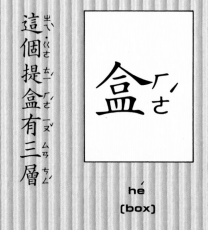

盒 ㄏㄜˊ

hé
(box)

這是盛菜的盤子。

盤 ㄆㄢˊ

pán

(plate)

這是軍人戴的鋼盔。

盔 ㄎㄨㄟ

kuēi

[helmet]

這棵樹的枝葉很茂盛。

盛 ㄕㄥˋ

shèng

[luxuriant]

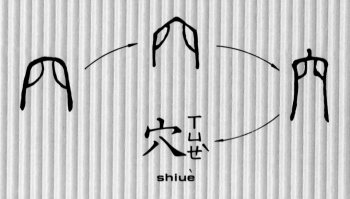

穴 ㄒㄩㄝˋ
shiue

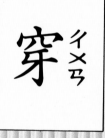

穿 ㄔㄨㄢ
chuān
[to wear]

我會自己穿衣服
ㄨㄛˇ ㄏㄨㄟˋ ㄗˋ ㄐㄧˇ ㄔㄨㄢ ㄧ˙ ㄈㄨˊ

窗 ㄔㄨㄤ
chuāng
[window]

窗戶外頭有一棵樹
ㄔㄨㄤ ㄏㄨˋ ㄨㄞˋ ㄊㄡˊ ㄧㄡˇ ㄧˋ ㄎㄜ ㄕㄨˋ

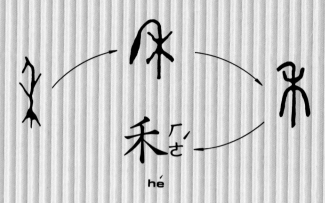

禾 ㄏㄜˊ

hé

秧_{ㄧㄤ}苗_{ㄇㄠ}

yāng miáu
(rice seedling)

秧ㄧㄤ苗ㄇㄠ是ㄕ綠ㄌㄩ色ㄙㄜ的ㄉㄜ

稻_{ㄉㄠ}

dàu
(rice)

秧ㄧㄤ苗ㄇㄠ長ㄓㄤ大ㄉㄚ了ㄌㄜ結ㄐㄧㄝ稻ㄉㄠ子ㄗ

tsǎu

芋頭很好吃

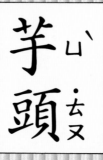

芋頭

yù tou

[taro]

院子裏有小草

草

tsǎu

[grass]

艸 ㄘㄠˇ

落葉
ㄌㄨㄛˋ ㄧㄝˋ
luò yè
[fallen leave]

我來掃落葉

風來了，樹葉落下來

葡萄
ㄆㄨˊ ·ㄊㄠ
pú tau
[grape]

葡萄又大又圓

茶
ㄔㄚˊ
chá
[tea]

你喜歡喝茶嗎

艸 ㄔㄠˇ

藕 ㄔㄤˊㄗㄞˋㄕㄨㄟˇㄌㄧˇ
藕 ㄡˇ
ǒu
[lotus root]

白蘿蔔和紅蘿蔔都好吃
ㄅㄞˊㄌㄨㄛˊ·ㄅㄛㄏㄜˊㄏㄨㄥˊㄌㄨㄛˊ·ㄅㄛㄉㄡㄏㄠˇㄔ
蘿蔔 ㄌㄨㄛˊ·ㄅㄛ
luó bo
[radish]

我愛吃荸薺
ㄨㄛˇㄞˋㄔㄅㄧˊ·ㄑㄧ
荸薺 ㄅㄧˊ·ㄑㄧ
bí chi
[water chestnut]

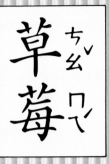

草莓是紅色的

tsǎu méi

[strawberry]

荷花長在水裏

hé huā

[water lily]

蓮蓬裏有蓮子

lián péng

[the cupule of lotus]

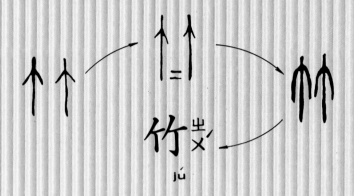

竹 ㄓㄨˊ
jú

竹ㄓㄨˇ筍ㄙㄨㄣˇ很ㄏㄣˇ好ㄏㄠˇ吃ㄔ

筍 ㄙㄨㄣˇ

sǔn

(bamboo shoot)

他ㄊㄚ高ㄍㄠ興ㄒㄧㄥˋ得ㄉㄜ笑ㄒㄧㄠˋ了ㄌㄜ

笑 ㄒㄧㄠˋ

shìau

(to smile)

竹 ㄓㄨˊ

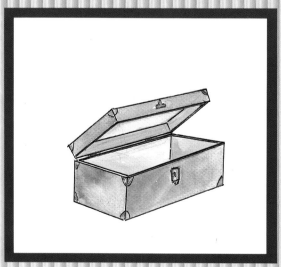

這是一個空箱子

shiang

(box)

籠子裏有一隻鳥兒

lúng

(cage)

這是一個竹籃子

lán

(basket)

竹 ㄓㄨˊ

竹竿上掛著一件衣服

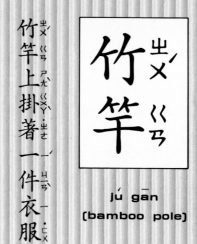

竹竿 ㄓㄨˊ ㄍㄢ

jú gān

(bamboo pole)

這是兩枝毛筆

筆 ㄅㄧˇ

bǐ

[pen]

竹簾子可以捲起來

竹簾 ㄓㄨˊ ㄌㄧㄢˊ

jú lián

(bamboo curtain)

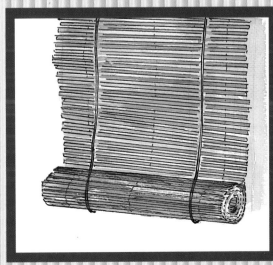

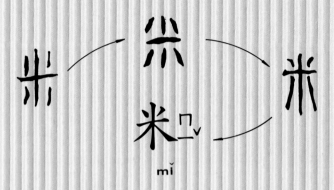

mǐ

粽
ㄗㄨㄥˋ

tzùng

((sticky) rice dumpling
wrapped in bamboo
leaves)

ㄉㄨㄢ ㄨˇ ㄐㄧㄝˊ ㄨㄛˇ ·ㄇㄣ ㄔ ㄗㄨㄥˋ ·ㄗ
端午節我們吃粽子

粥
ㄓㄡ

jōu

(rice porridge)

ㄓㄡ ㄕˋ ㄇㄧˇ ㄓㄨˇ ·ㄉㄜ
粥是米煮的

糖是甜的，很好吃

táng
[candy]

蛋糕也是甜的

gau
[cake]

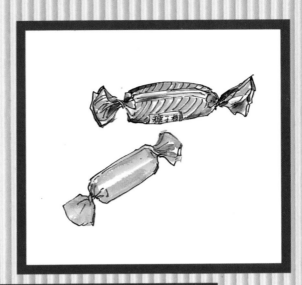

缶 ㄈ
ㄡˇ

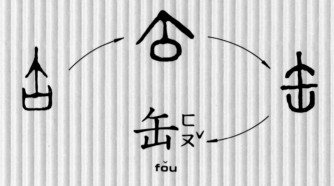

缶 ㄈ
ㄡˇ

fǒu

魚缸裏有一條金魚

魚缸
yú gang
[fish globe]

我買了兩罐罐頭

罐頭
guàn tou
[can]

糸 ㄇ、

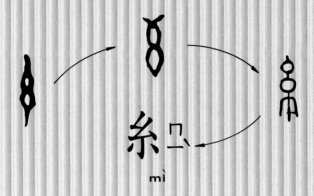

糸 ㄇ、
mì

這ㄓㄜˋ兒ㄦˊ有ㄧㄡˇ一ㄧ捆ㄎㄨㄣˇ繩ㄕㄥˊ子ㄗ

繩 ㄕㄥˊ
shéng
(rope)

藤ㄊㄥˊ纏ㄔㄢˊ繞ㄖㄠˋ在ㄗㄞˋ樹ㄕㄨˋ上ㄕㄤˋ

纏 ㄔㄢˊ 繞 ㄖㄠˋ
chán ràu
(to wind around)

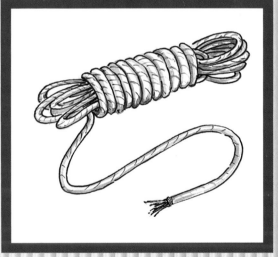

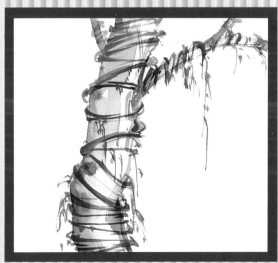

糸ㄇㄧˋ

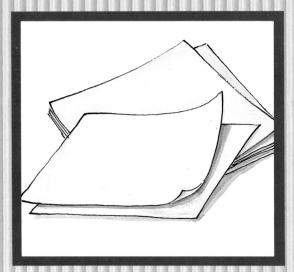

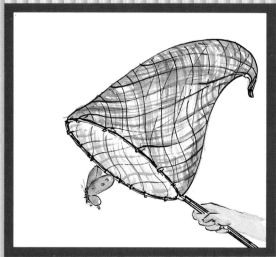

紙ㄓˇ

jř

[paper]

這是一疊信紙

網ㄨㄤˇ

wǎng

[net]

我用網子捉蝴蝶

編ㄅㄢ織ㄓ

biān jř

[to knit]

奶奶編織毛衣

糸 ㄇ一ˋ

縫 ㄈㄥˊ

féng
(to sew)

媽ㄇㄚ 媽ㄇㄚ 用ㄩㄥˋ 針ㄓㄣ 線ㄒㄧㄢˋ 縫ㄈㄥˊ 衣一 服ㄈㄨˊ

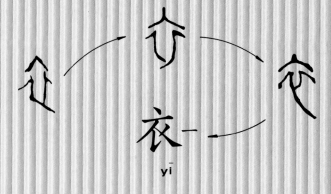

衣
yī

衣裳 一・ㄕㄤ

yī shang

[clothes]

這件衣裳很漂亮

ㄓㄟˋㄐㄧㄢˋ 一・ㄕㄤ ㄏㄣˇ ㄆㄧㄠˋ・ㄌㄧㄤ

襯衫 ㄔㄣˋ ㄕㄢ

chèn shān

[shirt]

這件襯衫是藍色的

ㄓㄟˋㄐㄧㄢˋ ㄔㄣˋ ㄕㄢ ㄕˋ ㄌㄢˊ ㄙㄜˋ・ㄉㄜ

褲子也是藍色的

kù

[shorts]

我把棉被叠整齊

mián bèi

[quilt]

這是姊姊的裙子

chiún

[skirt]

舟 ㄓㄡ

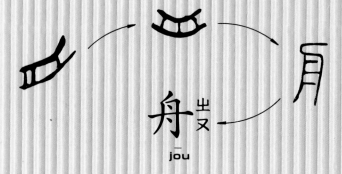

舟 ㄓㄡ
一 jou

小舟裏沒有人
ㄒㄧㄠ ㄓㄡ ㄌㄧ ㄇㄟ ㄧㄡ ㄖㄣ

舟 ㄓㄡ

jōu

[boat]

舵可以讓船左右轉
ㄉㄨㄛ ㄎㄜ ㄧ ㄖㄤ ㄔㄨㄢ ㄗㄨㄛ ㄧㄡ ㄓㄨㄢ

舵 ㄉㄨㄛ

duò

[rudder]

船艙（ㄔㄨㄢˊ ㄘㄤ）
裏（ㄌㄧˇ）有（ㄧㄡˇ）兩（ㄌㄧㄤˇ）個（ㄍㄜˋ）人（ㄖㄣˊ）

船艙（ㄔㄨㄢˊ ㄘㄤ）

chuán tsāng
(boat cabin)

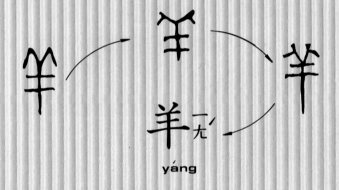

羊（ㄧㄤˊ）

yáng

羊群（ㄧㄤˊ ㄑㄩㄣˊ）在（ㄗㄞˋ）山（ㄕㄢ）坡（ㄆㄛ）上（ㄕㄤˋ）跑（ㄆㄠˇ）跑（ㄆㄠˇ）跳（ㄊㄧㄠˋ）跳（ㄊㄧㄠˋ）

羊群（ㄧㄤˊ ㄑㄩㄣˊ）

yáng chiún
(flock of sheep)